For Anna
M.W.

For Sebastian,
David & Candlewick
H.O.

Published by arrangement with Walker Books Ltd, London

Dual language edition first published 2006
by Mantra Lingua
Global House, 303 Ballards Lane, London N12 8NP
http://www.mantralingua.com

Text copyright © 1991 Martin Waddell
Illustrations copyright © 1991 Helen Oxenbury
Dual language copyright © 2006 Mantra Lingua
Bulgarian translation by Nina Petrova-Browning

Патокът фермер
FARMER DUCK

written by
Martin Waddell

illustrated by
Helen Oxenbury

mantra lingua

Имало едно време един паток, който
имал лошия късмет да живее със
стар, мързелив фермер.
Патокът вършел всичката работа.
Фермерът стоял по цял ден в леглото.

There once was a duck who had the bad luck
to live with a lazy old farmer.
The duck did the work.
The farmer stayed
all day in bed.

Патокът прибирал кравата от полето.
"Как върви работата?" – викал фермерът.
Патокът отговарял:
"КВАК!"

The duck fetched the cow from the field.
"How goes the work?"
called the farmer.
The duck answered,
"Quack!"

Патокът прибирал овцата от хълма.
"Как върви работата?" – викал фермерът.
Патокът отговарял:
"КВАК!"

The duck brought the sheep from the hill.
"How goes the work?" called the farmer.
The duck answered,
"Quack!"

Патокът вкарвал кокошките в къщичката им.
"Как върви работата?" – викал фермерът.
Патокът отговарял:
"КВАК!"

The duck put the hens in their house.
"How goes the work?"
called the farmer.
The duck answered,
"Quack!"

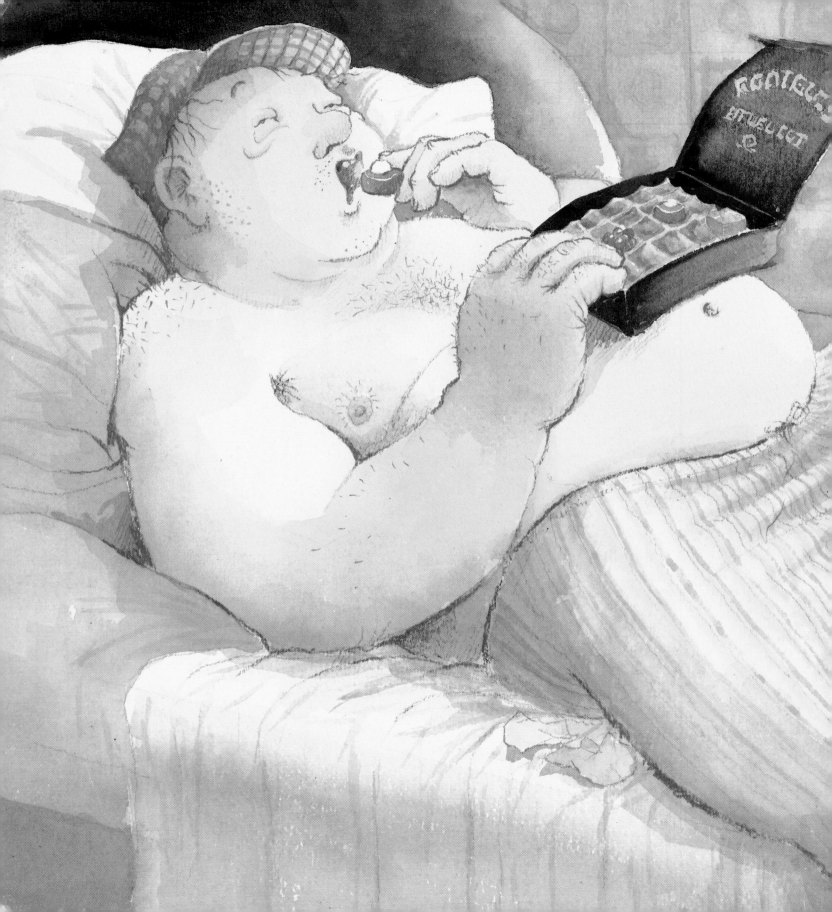

Фермерът надебелял от стоене в леглото, а на бедния паток му омръзнало да работи по цял ден.

The farmer got fat through staying in bed
and the poor duck got fed up
with working all day.

"Как върви работата?"
"КВАК!"

"How goes the work?"
"QUACK!"

"Как върви работата?"
"КВАК!"

"How goes the work?"
"QUACK!"

"Как върви работата?"
"КВАК!"

"How goes the work?"
"QUACK!"

"Как върви работата?"
"КВАК!"

"How goes the work?"
"QUACK!"

"Как върви работата?"
"КВАК!"

"How goes the work?"
"QUACK!"

"Как върви работата?"
"КВАК!"

"How goes the work?"
"QUACK!"

На горкия паток и му се спяло,
и му се плачело, и бил уморен.

The poor duck was sleepy
and weepy
and tired.

Кокошките, кравата и овцата много се разстроили.
Те обичали патока. И ето че те провели събрание
под луната и подготвили план за действие
за сутринта.

"МУУ!" – казала кравата.
"БЕЕ!" – казала овцата.
"КУД-КУДЯК!"– казали кокошките.
И ТОВА бил планът.

The hens and the cow
and the sheep got very
upset.
They loved the duck.
So they held a meeting
under the moon and
they made a plan
for the morning.

"MOO!" said the cow.
"BAA!" said the sheep.
"CLUCK!" said the hens.
And THAT was the plan!

Било точно преди изгрев и дворът бил спокоен.
И ето, през задната врата, и овцата, и кравата,
и кокошките се промъкнали в къщата.

It was just before dawn and the farmyard was still.
Through the back door and into the house
crept the cow and the sheep and the hens.

Те се прокраднали през
антрето и изкачили
скърцащите стълби.

They stole down the hall.
They creaked
up the stairs.

Промушили се под леглото на фермера и започнали да мърдат. Леглото започнало да се тресе и фермерът се събудил и извикал: "Как върви работата?" и…

They squeezed under the bed of the farmer and wriggled about. The bed started to rock and the farmer woke up, and he called, "How goes the work?" and…

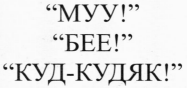

"МУУ!"
"БЕЕ!"
"КУД-КУДЯК!"

"MOO!"
"BAA!"
"CLUCK!"

Животните вдигнали леглото му и той се
развикал. Те блъскали и подхвърляли стария
фермер насам и натам, и насам и натам,
докато не паднал от леглото…

They lifted his bed and he started to shout, and they banged
and they bounced the old farmer about and about and about,
right out of the bed…

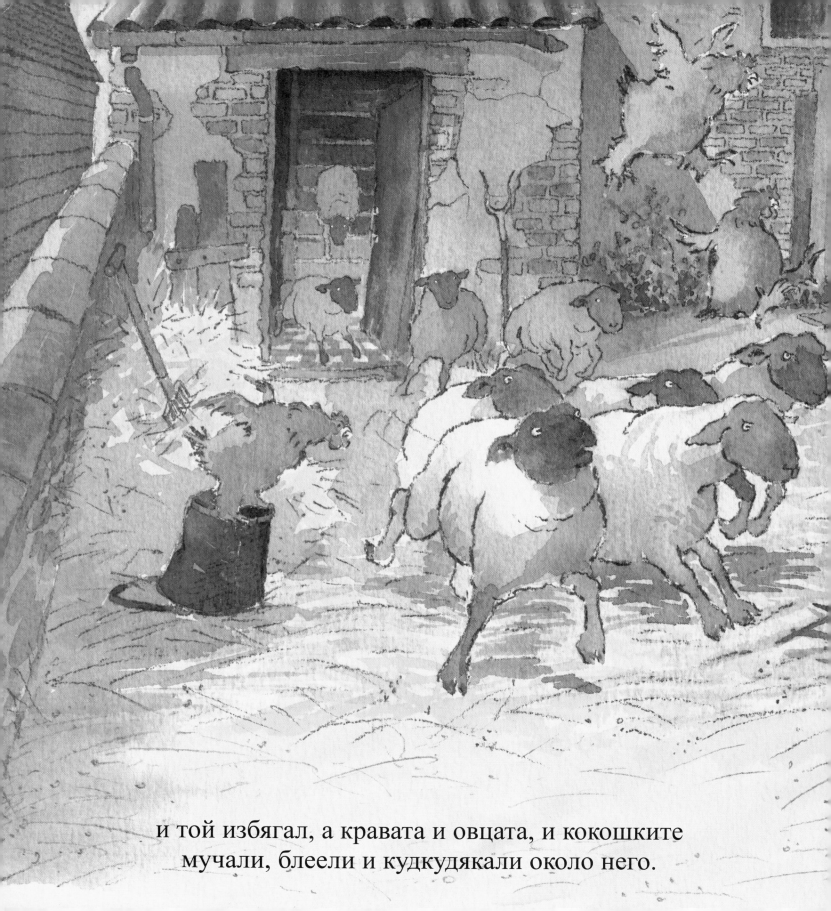

и той избягал, а кравата и овцата, и кокошките
мучали, блеели и кудкудякали около него.

and he fled with the cow and the sheep and the hens mooing and baaing and clucking around him.

Надолу по пътеката…
"Муу!"

Down the lane…
"Moo!"

през полята…
"Бее!"

through the fields…
"Baa!"

по хълма…
"Куд-кудяк!"

over the hill…
"Cluck!"

и той повече не се върнал.

and he never came back.

Патокът се събудил, излязъл
на двора, поклащайки се
уморено, очакващ да чуе:
"Как върви работата?"
Но никой на проговорил!

The duck awoke and waddled wearily into the yard expecting
to hear, "How goes the work?"
But nobody spoke!

Тогава кравата, овцата и кокошките се върнали.
"Квак?" – попитал патокът.
"Муу!" – казала кравата.
"Бее!" – казала овцата.
"Куд-кудяк!" – казали кокошките.
Патокът разбрал цялата история.

Then the cow and the sheep and the hens came back.
"Quack?" asked the duck.
"Moo!" said the cow.
"Baa!" said the sheep.
"Cluck!" said the hens.
Which told the duck
the whole story.

После с мучене, блеене, кудкудякане и квакане всички се захванали на работа в своята ферма.

Then mooing and baaing
and clucking and quacking
they all set to work
on their farm.

Here are some other bestselling dual language

books from Mantra Lingua

for you to enjoy.